내 마음 그 깊은 곳에

박이정시선 07

내 마음 그 깊은 곳에

초판 인쇄 2020년 10월 23일
초판 발행 2020년 10월 30일

지은이   차호일
펴낸이   박찬익
편집장   한병순

펴낸곳   (주)박이정
주소   경기도 하남시 조정대로45 미사센텀비즈 7층 F749호
전화   031-792-1193, 1195
팩스   02-928-4683
홈페이지 www.pjbook.com
이메일   pijbook@naver.com
등록   2014년 8월 22일 제2020-000029호

ISBN 979-11-5848-487-3 03810

* 책값은 뒤표지에 있습니다.

박이정시선 07

내 마음 그 깊은 곳에

차호일 시집

(주)박이정

이 외롭고 척박한 시대, 시마저 없다면 우리는 또 얼마나 고독과 절망 속에 살아야만 할까요?

이 작고 보잘 것 없는 시들이 절망 속에서 갈피를 잡지 못하고 있는 그대에게 잠시나마 위로가 될 수 있다면 저는 또다시 힘을 내어 글을 쓸 것입니다.

차례

시인의 말 · 5

I부
들머리

보름달 · 13

눈 내리는 갯마을 · 14

구절초 · 15

네눈박이 송사리 · 16

3월 · 18

외딴 집 · 19

1월의 대천항 · 20

구룡포 연가 · 22

고운사 · 24

제주 돌하루방 · 25

11월의 물금 · 26

아내기 · 28

오래된 절 · 30

낙타가 사막을 건너는 이유 · 31

독도 · 33

II부

내 마음

찔레꽃 · 37

첫사랑 · 38

표충사 · 39

거문도 · 40

그 길을 다시 걸으며 · 42

동백 · 44

속정읍사 · 45

봄밤에 꾼 꿈 · 47

망부석 · 48

약속 · 49

반춘향전 · 50

겨울밤 · 52

대나무 침대 · 53

먼 그대 · 55

반달 · 56

불면 · 57

신진달래꽃 · 58

억새 · 61

진눈깨비 · 62

그 길 · 63

천문대 가는 길 · 65

홍룡사 가는 길 · 67

조춘 · 68

기다림 · 70

분수 · 72

단풍 · 73

비내리는 묵호항 · 75

남항에서 · 76

코스모스 · 78

고독에 대하여 · 79

III부
그 깊은 곳에

바다행 · 83

불가사리 · 85

할매보살 · 86

4·3길을 걸으며 · 87

플라타너스 · 89

마라도 · 90

만추 · 91

노근리 평화공원에서 · 92

근황 · 93

오랑캐꽃 · 95

조령부근 · 96

여름 갯마을 · 97

12월의 끝 · 98

용왕제 · 99

순천만에서 · 101

욕지도 · 102

경전철을 타며 · 103

진주조개 · 104

매화 · 106

낙동나루 · 107

동해 · 108

날치 · 109

말짱도루묵 · 112

부럼 · 114

낙엽 · 115

일몰 · 116

고래불해수욕장 · 117

길을 잃다 · 119

김 노인의 오후 · 120

해바라기 · 122

IV부
마무리

호미곶 등대 · 125

아내와 치매 · 127

어머니의 바다 · 130

다시 소래포구에 갔었을 때 · 132

이상한 경험 · 133

조난기 · 136

죽성어사암 · 139

청포도 시비 앞에서 · 141

태백에 눈이 내리면 · 143

4월의 대변항 · 145

무등이왓을 돌아 나오며 · 146

목포 고하도 · 148

연회네 슈퍼 · 150

스물두살 그 무렵 · 152

할미꽃 · 153

I 부

들머리

보름달

이보다 가득 찰 수 있으랴
볼수록 풍성한 네 얼굴
진주성 사당에 모셔둔 논개 얼굴 겹친다
노란 저고리, 붉은 입술 오늘 따라 더 곱다
세상 사는 일 오늘 밤 너만 같아라
세상일 둥글게 둥글게 굴러만 가라
삽살개가 그림자를 그리며 컹컹 짓는다
온통 천하는 달과 달이 아닌 이분법의 세계
둥근 너를 바라보며 소원을 빈다
밤 깊어갈수록 무르익는 달빛 영그는 소리
우리네 인생도 오늘 밤 보름달처럼 무르익어라

눈 내리는 갯마을

눈 내리는 갯마을
밤새도록 내린 눈은 외로움마저 덮었다

하늘은 무채색
파도마저 여백으로 그리고
세상은 크리스마스 카드 속으로 들어갔다

보이는 것은
전봇대와 전봇대를 뺀 나머지 세상

고적한 나그네 무심코 지나치다가
발길에 툭 채일 것 같은 눈 내리는 갯마을

구절초

절대 고독의 마지막 순간조차
만신창이 몸으로 하늘 향해 기도하는
사춘기 소녀의 젖몽아리 같은 가을의 여심이여

터질 듯 말 듯 애태우지 말고
그냥 터져 요망한 하늘을 마음껏 유린하라
영축산 구절초는 숫제 가을에 저항하는 고독의
반란이었다

간밤 내 귀가 그렇게 가려웠던 것은
폭발하는 네 순정의 고백 탓이었던가
네 모습 지면 올해 내 열정도 지고 말지니

네눈박이 송사리

사람들 눈에는
태산 공자와 노산 노자가 싸우는 것만큼이나 신기한
눈이 네 개나 달린 괴물
눈이 두 개가 정상인 세상에 4개는 아무래도 너무 많다
먼 인도양의 한 작은 섬 소년의 뜰채에 잡혀
그 먼 바다를 건너 용케 예까지 왔다
네 작은 몸뚱아리 볼수록 가여운데 그걸 모르니 더욱 가엾다
아무리 눈이 4개 잘 보여도
세상에 어류가 세상을 지배한 시대는 없었나니
작은 몸뚱아리 네 눈을 볼 수 있어
모든 물고기들의 밥이 되는 희생을 피할 수 있었던 것일까
자라고 자라도 송사리
지지고 볶아도 평범하지 않은 네 눈이
평범함을 요구하는 세상에서 오죽 험난할까

수천만 년 지나면서 크기조차 진화 못한 네 조
상이 원망스럽구나
어느 누구의 분신인가
부처님은 누구를 윤회시켰단 말인가
그것도 모자라 그저 가엾다 못해 사람들의 구경
거리가 되어
부산 앞바다 수족관에 기생처럼 나앉게 했구나
방정맞게 너를 보며 또다시 생각 많은 이 시인
너를 만든 신을 원망한다
하필 왜 태어나게 해 가지고
그래, 왜 하필 나 같은 것 태어나 가지고......

3월

호수에 비친 산 검다
아직은 봄맞이가 조금 못미친 계절
하늘마저 감기든 듯 이따금 정신 못차리고
내다 넌 빨래는 바람에 시리운 듯 고개 들지 못
한다
흐르는 시냇물 조금 성깔이 누구러졌는가
겨울 지나온 풀빛 아직은 어설프다
봄도 좀 더 익어야 제 빛깔 내지
아지랑이 슬슬 기지개 펴는 것 같은데
설익은 마른 바람만이 천방지축
내 마음은 풍선을 놓쳐버린 아이
언양(彦陽) 작천정(酌川亭)벚꽃비 날리듯
무작정 어디론가 날려가고 싶은 3월

외딴 집

길은 외줄기 황토길
그 길 따라 걷다 보면 어느덧 집 한 채
외딴 집 가까이 가면
바람 소리 들린다 대나무 부딪치는 소리 들린다
봄, 여름이면 외딴 집 뜨락에 흐벅히 피던 꽃
그래서 암호처럼 부르던 '꽃집'
산모롱이 돌아 나오며 보이지 않을 때까지 바라
보던 집
울타리조차 풍경이 되던 외딴 집
심심하면 찾아가서 놀던 외딴 집
끝내는 내 모습 같아 울고 말던 외로운 집

1월의 대천항

쌀 뜨물 같은 하늘
빈틈을 보이지 않았다
사람들 조여 맨 외투는 속을 열지 않았다
점점 쏟아내는 눈은 정미소 밀가루가 분쇄되어
나오는 것 같았고
우중충한 아침 거리 아직 네온사인 불빛이 살아
있었다
외국인의 대화 같은 스산한 분위기의 광장
수입이 한 푼도 없는 가수의 슬픈 노래와도 다
름없는
중환자 같은 1월의 대천항이 기침을 하고 있었다
눈 내리는 부두
두 번째 떠나간 낡은 배에서 내뿜는 역겨운 맛
의 기관 냄새
인근 섬으로 출근하는 사람들의 구부정한 모습
건너편 큰 굴뚝에서 올리는 축축한 솜사탕 같은
연기
고기잡이배들의 마지못한 듯한 부산함

먼 바다에서 갓 돌아온 선원은 질린 눈으로 하
품을 하고

술 취한 사내는 휘청대며 감쪽같이 선실로 들어
선다

19세기 영국 디킨스의 소설에서나 있을 것 같은

1월 어느 날의 대천항은

외로움의 깊이가 바다 깊이만큼 늘어진

솔제니친의 암병동이었다

한 때 징검다리 건너 외갓집 찾아가는 길목 같은

짜릿함과 아련함이 낭만처럼 고여 있던 항구 대
천항

피아니시모 같은 감정으로 1월의 대천항 거리를
걸으며

나는 나도 모르게 변해버린 도시의 중독성에

실망했던 몽마르트르 언덕을 걷는 것 같은 착각
에 빠져 허우적거렸다

구룡포 연가

사랑은 행복한 것만이 아니라는 것을
구룡포의 바다를 보며 깨달았습니다
양포를 지나 구룡포에 다가가기까지는
사랑이란 안개 같은 것이라는 시인의 말을 비웃
었습니다
어쩌다 그대와 내가 부활절의 성당에 같이 들렀
다는 인연으로
사랑을 하고 자전거 여행을 하고
바닷가 언덕에 올라 어깨를 겯으며 지는 해를
바라볼 때까지
그 경건했던 사랑은 내 생애 다시는 없을 추억
이었습니다
서로가 봄밤의 정취에 취해 살짝 입술을 맞대고
는 화들짝 놀랄 때까지도
사랑이 이별일 수도 있다는 것을 나는 몰랐습니다.
세월은 흘러 그 황홀했던 사랑은 차마 우울한
눈물을 만들었습니다
그까짓 종교가 무어길래

차라리 하나님 앞에 개종해버리면 되었을 것을
후회하며 서성이길 얼마나 했는지
그대 떠난 뒤 마지못한 생활은 사는 것이 사는
것이 아니었습니다
속절없이 차오르는 눈물은
구룡포 항을 떠난 오징어잡이 배가 보이지 않을
때까지 그치지 않았고
슬픔의 무게 두 눈에 담기 벅찼습니다
그래도 바보 같은 고백 하나
내 생애 오직 단 한번 그대만을 사랑했다고
절박하게 기도하며 스스로 위로했습니다
수십여 년이 지나 오늘 어쩌다 다시 찾은 구룡포
옛사랑의 흔적을 더듬는 길은 괴롭기 그지없고
그대가 행복하기를 비는 간절한 바람으로 두 손
을 모았습니다
당신을 향한 내 마음은
시든 연잎에 남아 있는 물방울 흔적처럼
이제는 지울 수 없는 기억들을 남기고 사라집니다

고운사

고운사 가는 길 가을 우수 처절하다
벼 익는 마을에 처연히 돋는 소름
부처님 공덕 나리면서 깊은 골엔 왜 숨었나

들면 나지 못한다는 계율을 보았기 때문일까
노란 은행잎은 자꾸만 발길을 더디게 하고
혼자서 걷는 가을이 외롭다 못해 고독하다

가을 깊이 익어 가는 고독한 산사
고운사 둘레를 한 바퀴 돌면 올해도 나의 가을
은 가거니
한 많은 사내는 가을 가는 것이 섭섭해 운다

제주 돌하루방

눈 뜬 기도
이방인의 커다란 웃음
드러내지 않는 구멍 숭숭한 속내
비바람에 물들지 않는 천년의 기다림
때론 벅수도 아닌 것이 반보기 장소가 된다.
조롱거리로밖에는 보이지 않는 바다 건너 먼 남
국의 이단아
그래도 돌로 남은 그 의지는
오직 내 가족

11월의 물금

11월의 물금을 아는가
새벽 열차를 타기 위해
기적소리에 놀라 신발 끈도 매지 못한 채 달려가던
손목시계 없던 그 시대의 가난을 아는가
하얗게 빛나던 아침 안개 뚫고
일제 때 지어진 소학교 지나
구멍 난 양말 같은 푹 패인 신작로 걸어가면
풀피리 소리, 소 달구지 끄는 소리 들리고
밀집 벙거지 눌러쓴 허수아비 외로운 저 들판 머리
참새 떼 모래 뿌린 듯 까맣게 날아오른다.
굽이 돌아 광산길 오르면
멱 감던 낙차, 소나무 묏등 성큼 기억에 잡히고
강 건너 문둥이 마을 굴뚝에서 연기 솟아난다.
화제리 가는 길에 솔개 까투리 채가고
광산 잡부 용팔이
없는 집에 태어난 자식 미워 낙동강에 내던지던
그 시절 충격의 목격
이후로 무병을 앓듯 말없는 소년이 되어가던

그 신산(辛酸)하던 11월의 물금을 아는가

11월의 물금은
이젠 촉촉함도 풀잎 이슬도 없다
그 오랜 추억의 역전 다방도 사라지고
만포장 술집도 사라지고 아는 이도 떠나가고
분망함만 덩그랗게 남아 있는 물금은
낭만도 그리움도 사라졌다
골목골목 발부리를 채던 돌멩이도 사라지고
선정적인 술집과 모텔의 야한 불빛만이
흑인 여인 가슴처럼 출렁댄다.
사람은 자라고 가로수도 자라고
수십 년 지나 걷는 신도시 물금 거리는
외롭다 못해 허전하기조차 하다
그 가난했던 거리를
이제는 열차를 타기 위해 뛰지 않아도 된다
강박신경증처럼 기억하지 않아도 된다

아내기

언제부턴가 아내는
모든 것 내리고 침묵이 다인양 진화를 했다
꿈마저 잃어버린 사내의 지독한 무능과 좌절이
어지간히 잠 못이루게 기승을 부렸거니
참고 살아야 한다는 것이 숙명인 듯 외우던 그 시절
깨인 여성인 당신은 오죽했을까
그 꼴에 오지랖 넓은 시어미의 아들 유세는
이후로 당신은 밤마저 낮 삼아 일을 하고
악다구니로 남은 그 의지는 오직 내 가족
어느 겨울밤 버스 타고 병원에서 집으로 오는 길에
당신은 버스 유리창에 입김 불어 글을 썼다 지우며
신혼 때처럼 마냥 즐거워했다
쉬 지워지는 글씨만큼 당신 속은 쉽게 줄어들지 않았
거니
그 고운 얼굴에 담겨 있던 그늘 한 가닥
당신은 세월 탓이라고 항변했지만
종착역을 향해 가는 기차인 줄 왜 몰랐을까
세상은 이렇게 밝아만 가는데

당신은 다빈치 거울 글자도 아니고 어찌 거꾸로
만 비추는가

구실 못하는 사내 내쳐버리고 행복하게 살았더
라면

암덩이를 안은 당신을 두고 이토록 괴로워하지
는 않았을 텐데

당신의 앙상하게 뼈만 남은 손목을 보며

가슴이 시려 몇 날 밤을 뒹굴었다.

당신을 묻고 내려오는 연미산(燕尾山) 능선엔

진달래 꽃이 붉게 피어 있었다

오래된 절

이름도 모르고
그 흔한 신비감도 없고
오래된 절에 달랑 스님 하나
꼴에 대웅전 글씨만은 조선 당대 명필 것이라나

갈라진 기둥 사이로 설레발이 넘나들고
비 오더니 기왓장에서 독버섯이 듬성

그 때가 언제인데
아직도 손이 가지 못한 채 있는 오래된 절
지혜를 나누어 가지란 말의 공허함만
절 뜨락에 무성하다.

내 이 오래된 나이, 나도 싫다

낙타가 사막을 건너는 이유

사막을 건넌다고 외롭다 말 말라
차라리 남은 풀 포기마저 말려버리는 이 지독한
햇살
온통 하늘과 땅을 현기증으로 노랗게 물들여도
사막을 건너는 낙타는 외롭지 않다
가끔 고개 들어 먼 모래 언덕을 바라보면
온 만큼 더욱 낯선 아득한 저편
가야 할 길은 도무지 낯설기만 한데
흐린 눈 비비며 오히려 갈 길을 재촉한다
숫제 모래 바람 속에서 잠이 외로운 것은
그마저도 아무 감동이 없는 사치일 뿐
가야 할 길이 먼 낙타에게는
쉬기를 잊어버린 사람처럼 다만 사막을 건널 뿐
이다.
뜨거워서 살아 있음이 또렷하게 전달되어 오는
이 죽음의 땅
숨 막히는 고독에서라야 더욱 크게 열리는 숨소리
천치가 아닌 다음에야 모를 리 없겠건만

먼 꿈 하나 붙잡고 오늘도 낙타는
그것밖에 할 줄 모른다는 듯 사막을 건넌다
이 신이 버린 땅 얼마를 더 가야 꿈을 채울 수
있는지
보이지 않는 꿈만큼 먼 거리건만
그래도 낙타는 지치지 않고 사막을 건넌다

독도

눈 감으면 그리워질까
차마 눈 감지 못하고
그래도 그리워 살짝 눈 감고
그대 생각에 잠기느니
보지 않으면 잊혀지고 멀어진다는데
그대만은 차라리
깊어지고 깊어져서 바다가 되는 걸까
내 마음 깊은 곳에서 출렁거리는 그대 모습
우울한 소식 들릴 때마다
책상 앞 그대 모습 가만히 볼에 대어본다
내 사랑 독도

II부

내 마음

찔레꽃

찔레꽃은 피는데
찔레꽃은 피는데
아, 어쩌란 말이냐
떠나가신 우리 님은 아무 소식도 없고
오늘도 찔레꽃 하얀 하루는 다 가고 말았느니

첫사랑

비가 그칠 때까지만이라던
그 다음엔 가을이 올 때까지만이라던
그 지독했던 사랑
긴긴 세월의 터널 지나 죽음의 순간조차
기억의 한 줄기마저 놓치지 않으려는
이 끈질기고도 도도한
아직도 망각의 강을 건너지 못하는 고집스런 악마

표충사

기억되는 것은
주지가 땅 팔아먹고 중국 도망 좀 가면 어때
주지도 사람
땡땡이 중 노릇할 바엔
한몫 잡아 환속해서 여우 같은 마누라와 토끼
같은 애새끼 낳고
한세상 나야지
표표히 흐르는 저 재약산 계곡물 따라
우리네 인생 그렇게 흘러가는 것도 뭐
인생사 적나라함이 오히려 고마운 밀양 표충사

거문도

들은 것이라고는 이름뿐
그 이름 하나 들고 거문도를 간다
아무리 섬이라도 장면 하나는 있을거나
구석진 풍경에
누가 영화 배경 흉내라도 내려 했음일까
소를 몰고 가는 우공 하나 크게 다가온다
미래에서 온 소년이 준
세상에서 가장 외로운 선물 같은 곳
아직도 이발소 그림 같은 후줄그레함이 머물러
있는 곳
어른들은 누구나 처음에는 어린이였다고 외치
는 어린 왕자의 동네
풍경이 그리워지면 찾아가는 곳
배추벌레가 지나간 흔적조차 그 자리에 남는
멀리 희망의 바람이 불어오는 곳
일생에 단 한번
운명처럼 찾아든 이 황홀한 순간

나는 역마살을 타고 왔다
그리움을 안고 간다.

그 길을 다시 걸으며

너는 왜 그렇게 찬지
너 떠나 가버린 길에서 서성이길 얼마나 했던가
가까이 다가가면 늘 멀어지던 너
그 길을 다시 걸으며
너와의 잊을 수 없는 추억을 떠올린다
어느 날 문득 찾아온 우리들의 운명 같은 사랑
누가 먼저인지도 모르게 손을 잡고 이 길을 호
들갑스럽게 걸었다
 웃음도 아니고 그렇다고 살가운 것도 아니고
 초라한 골목길 지나 푸른 대문까지 데려다 주면
서도
 그 흔한 입맞춤 한 번 못한 채 눈만 웃고 돌아
서고
 왔던 골목길을 지나 가로등 희미한 불빛 아래
지나 돌아보면
 너는 늘 내 모습을 보이지 않을 때까지 바라보
곤 했다
 가난한 우리의 사랑은 늘 이런 식이었다

언제부턴가 황홀하던 우리의 만남은 자꾸만 어긋나고
이유도 알지 못한 채 차가워져만 가던 너
가까이 다가가면 너는 그만큼 멀어져만 가고
너 없는 자리마다 고여만 가는 그리움
이런 열병을 앓으려고 너를 사랑했던 것일까
비 내리는 밤 너를 지울 수 없어 찾은 그 길
이따금 바람은 다잡은 내 마음을 휘청거리게 하고
자동차 불빛마저 비웃듯 너울대는데
나는 하염없이 그리움을 지웠다 쓰며
새벽이 되도록 쓸쓸히 그 길을 걷고 있었다

동백

그 외로움

안으로만 안으로만 삭이더니

어느 날 갑자기

붉은 피를 토하면서 여기저기 분노를 터뜨렸구나.

세상은 아직 봄 길을 저어하고 있는데

오지 않는 그 사람을 그리워하며

세상을 분노로 빨갛게 빨갛게 물들였구나.

네 모습 보면서 봄을 그리워했는데

네 모습 지면서 내 봄날은 간다

속정읍사

정읍사의 사내를 믿지 마라
진정 너 싫어 떠난 줄 모른단 말인가

고전이었길래 망정이지
하마터면 한평생 독수공방할 뻔하였구나
고무신 거꾸로 신는 것도 삶의 한 기술이거니

말이사 이렇게 하지만 마음이사 그렇다고 하지만
내사 내사 밤마다 이, 이 피어오르는 그리움을
어찌할거나

오늘도 저 달은 다시 뜨는데,
져재 가신 당신은 아무런 소식이 없고
우는 아기 업고 나와 밤하늘 바라봅니다

달님이시여 높이높이 솟아 멀리멀리 비추소서
미움도 원망도 천만 없습니다
사내의 손길이 그리우면 눈을 감겠습니다

당신은 당신은 영원한 저의 지아비일뿐
끝까지 끝까지 목숨 다하도록 기다리겠습니다

부디 진데에 빠지지 마소서
당신이 가는 길 저물까 두렵습니다

봄밤에 꾼 꿈

봄밤에 꾼 꿈은
어린 시절 영도다리가 올랐다가 내렸다가
운문사 머리 깎던 소녀 우는 모습 꿈 속에서 보
이고
사미인곡 속 여인의 마음은 두근두근
우두커니 서 있는 백석의 나타샤 표정도 보인다
달이 지고 새벽이 와도
초저녁부터 잠자는 구운몽 속의 성진의 모습도
보이고
보이고 보이고
봄밤의 꿈엔 신당의 최영 장군 모습도 보인다.
뛰지 마셔요 깨우지 마셔요
새벽녘 저 달이 고약하기만 하구나
봄밤에 꾼 꿈은
관할 소재지 군청에 가서
오늘 신고하면서 어제 날짜로 증명해달라는 호
적 증명서

망부석

그리움에 울다 지친
절망마저 잃어버린 여인
죽어서조차 돌이 되어 지아비 기다렸다
외로움은 바람에 날리고
기다림마저 세월에 흘리고
그렇게 기다리다 천년을 보냈다
기다린들 지아비 돌아올 리 있겠냐마는
그래도 당신 못잊어 여인은 또다시 천년을 기다
렸다.
가슴 아픈 사연 주위를 진달래로 물들이고
이후로 사람들은 여인네 설움 서러워
전설 꽃을 피워댔다.
그냥 보면 돌덩이 다시 보아도 돌덩이일 뿐인데
그 속에 담긴 사연 왜 그리 속 시린지
망부석 지나며 시간 많은 사내는
또 반밖에 담지 못할 사연을
서툰 시로 끄적대었다

약속

약속, 그 약속
기다리다 지쳐 속이 까맣게 타버렸네.
세월은 가만 있는 것이 아닌데
비가 오고 눈이 와도
약속한 너는 아무 소식 없고
가슴엔 살을 에는 그리움만 사무치누나
이즉이 너와 거닐던 강변엔
무심한 모래톱만이 차곡차곡 쌓여가고

오, 사랑하는 그대여, 사랑하는 그 사람이여

반춘향전

이 난시대에
생각할수록 춘향이 고것이 부러워 죽것다
서울대를 나온 애들도 취직을 못해 야단인데
고것 얼굴 반반한 것 하나 가지고 시대의 호걸,
이 도령을 홀렸으니
참 얼굴이 능력이라는 말에 새삼 실감이 간다
더욱이 퇴기 월매의 딸이 있어보았자
무슨 능력이 있겠는가
농사 일을 할 줄 아나 장사 수완이라도 뛰어난가
있다면 퇴기 딸이니만치 사내 후려치는 기술이
있긴 할 것 같은데
그것도 능력이라면 할 말 없다만
예나 이제나 얼굴값은 있긴 있는 모양이구나
고것이 사람 보는 눈은 있어 가지고
이 도령에게 일편단심이라니
말이 좋아서 일편단심이지 제깟 게 일편단심은
무슨 일편단심
이 도령에게 베팅을 한 것이 대박이 난 거겠지

미천한 신분에 정경부인 호칭까지 얻으니
세상 사는 맛 나겠구나
춘향이 너는 그렇다지만
참 재미없는 세상 될 대로 되라
나 같은 나이 든 사람도 이럴진대
하물며 이 시대 첨단을 달리는 젊은이들에게서야
무얼 해도 도루묵이다

이 난시대 춘향이 고것이 부러워 죽것다

겨울밤

스산한 거리, 뒹구는 낙엽
사람들은 그림자를 지우며 걸어갔다
밤하늘 울며 가는 기러기 떼
냉랭한 달빛에 취해 흔들리는 가로등
어디선가 흐르는 바람에 쥐어짜듯 들려오는 색
소폰 소리
겨울밤은 무던히 깊다
밤하늘 겨울 달을 보고 개가 짖었다.
막차를 타고 내리는 손님이 두엇 있었다
뒤늦은 차도 있었다
그 다음은 침묵
그리고 눈이 마마손님처럼 내렸다

대나무 침대

잠자지 말아라

절간 한 구석 언제부턴가 놓여있는 대나무 침대

젊은 비구는 계율 비웃듯 낡은 대나무 침대 위
로 가 눕는다

잘못 누른 컴퓨터 자판처럼

어디서 날아온 대나무 잎 하나 툭 떨어진다

수백 년 동안 침대 위에 잠들어 있던 여인네 깨
어나

떨어진 대나무 잎 입에 물고 젊은 비구 유혹한다

계율을 시험하는 쌍계사 뜨락 위에 달빛이 고여
있다

여인네 할머니가 그러했듯

그네도 물 항아리 이고 물을 긷는다

지아비 잡아먹은 뒤로 삼년상을 채 못넘기고

그네를 흠모하던 노비와 함께 이 계곡으로 숨어
들어왔다

여인의 끓는 피 다 태우지 못해

또다시 뜨내기 사내와 눈 맞아 달아나고

여인네 그리며 지아비가 만든 대나무 침대

아씨, 이 목숨 다 바쳐 사랑했는데

저만으론 부족해 또 다른 사내놈 품을 찾아 떠
나셨나요

지아비의 호소 아랑곳없이

여인 속 뜨거운 피 수백 년 지나도 식을 줄 몰라

환생하여 애꿎게 수도승 유혹한다

젊은 수도승 붉게 물든 세계에 저항하듯 떨어진
대나무 잎 콕 집어낸다

옆을 보지 말아라

대나무 잎이 떨어지면 눈 감아라

대웅전 부처님 큰 얼굴이 대나무 침대를 내려다
보고 있다.

먼 그대

터널을 빠져나오며
문득 뭇군상들 생각한다
그렇게 찾아 헤매던 사람 찾지 못하고
그냥 군상이 되어버린 사람
지금껏 찾으려 했던 것은 무엇일까 다시 물어도
그대, 먼 그대
그 세월 벌써 수십 년
나는 오늘도 먼, 먼 그대에 치여 전철을 탔다

반달

보이지 않는 그 반은
한으로 뭉쳐진 무거운 바위 하나
가슴에 얹어놓은 탓이겠지
시집갔다 돌아온 고모는 반달을 볼 때마다
늘 이렇게 말하였습니다

불면

무얼 더 밝힐 게 있다고
이다지 살뜰히
상처 투성이 내 영혼을 휘저어 놓는가

밤새 너에게 취조를 당하다
퀭한 눈으로 맞는 새벽은
차라리 밤새 독수리에 쪼이다 맞는
프로메테우스의 새벽

아아, 나는 정녕 그대를 잊을 수 없는가

신진달래꽃

나보기가 역겨워 가실 때에는
말없이 고이 보내드리는 것이 아니란다
먹살 잡고 너 죽고 나 살자 식으로 대들어서 작
살을 내야지
고이 보내드리는 것이 아니란다
그래 보았자 나이테마냥 늘어만 가는 건 그리움
뿐일 텐데
뭐 하려고 고이 보내놓고는 눈물 내고 속상해하
고 그러냐
영변 약산 진달래꽃 아름 따다 가실 길에 뿌리
는 것도 아니란다
그런다고 이미 돌아선 사람이 돌아오나 그 사람
도 너처럼 마음 아파하길 하나
한번 떠나가 버린 남자는 결코 돌아보지 않는다는
것을
설움 많은 이 시인이 보장하리
더 이상 고전주의 같은 감상적인 이별일랑 집어
치우고 속이나 차리렴

너도 똑같이 기다렸다는 듯 이별을 통보하고

떠나간 남자보다 더 나은 남자를 찾아서 보란

듯이 잘 살아야 하는 거란다

하여 떠나간 그 불량 남자가 다시금 너를 그리

워하게 하는 거란다

가시는 걸음걸음 놓인 그 꽃을 사쁜히 즈려 밟

고 가게 해서도 안된단다

그런다고 그가 돌아오나 하다못해 미안해 하기

라도 하나

남자는 얼씨구나 좋다고 다른 여자를 만나

너와 또 다른 세상을 재미있게 살아갈 텐데

누구 좋으라고 즈려 밟게 한단 말인가

너를 버리고 가는 그 남자 뒤에다 저주를 퍼부

어 십 리도 못가 발병 나게 해야지

죽어도 아니 눈물 흘리겠다는 것은 좀 맞는 것

같구나

그러나 그 속을 들여다보면

여인은 또 얼마나 속을 태우면서 떠나버린

남자가 돌아오길 기다리겠는가

애태우지 말아야 한단다 애 타면 지는 거란다
만남과 이별이 흔히 있는 일이듯
그렇게 아무렇지도 않게 생각해야 하느니라

말이사 이렇게 하지만 말이사 이렇게 하지만
오오, 해마다 피어오르는 그리움은 어찌할거나
올해도 진달래꽃은 다시 피는데 올해도 진달래
꽃은 다시 피는데
어쩌란 말이냐 설움 많은 이 시인 어쩌란 말이야
이, 이 피어오르는 그리움을 어쩌란 말이야
생각과 다른 이 마음을 어쩌란 말이냐

억새

그 누굴 위한 저주인가
혼절을 다한 절대 고독의 닿을 수 없는 순간조차
첫사랑의 추억을 잊지 못해 울부짖는
저 가없는 절망의 몸짓

진눈깨비

진눈깨비 내리던 날
하늘은 시퍼렇게 멍들고
쌀이 아니어서 엄마 마음 아프고
북상면 월성리 오는 버스는 오다가 그만 돌아
가고
온종일 아빠를 기다린 내 마음 아빠 오지 않아
슬프고

그 길

그 길 찾아가다 보면 작은 보도블록들이 시샘하듯 열병을 이루고 때때로 놓쳐버린 기차의 시골 간이역에서 다시 언제 올지 몰라 무작정 기다려야 하는 것 같은 외로움이 느껴졌다. 하여 지우려 찾아가는 길에서 오히려 그리움만을 확인하게 되고.....

이내 그 무풍한송 숲길에 들어서면 새로 난 도로에 밀려 허물어진 돌담길을 천천히 걷는 느림의 미학과 젊은 날 잘못 낀 첫 단추를 반추하게 되는 복잡한 생각이 함께 엮어졌다. 때문에 뜨겁고 속 깊은 햇살 내려찍는 하루를 돌아보게 되는 고통을 겪기도 했다

이윽고 다다른 그 길 끝에 서면 어느덧 내 마음은 쏟아지는 무수한 상념들에 고개 숙이고 때때로 실패해버린 젊은 날에 대한 통한의 자책에 눈물을 삼켰다. 살아온 날만큼 후회하게 만드는 이 이상하고 무자비한 그 길의 핵폭탄

꽃은 피고 지고 벌 나비 날았다 지난한 삶 끝내
고 가는 것 같은 고적하고 먼 길. 멀리 까마귀 울
음소리 영화 같았다 그 후론 그 길을 따라 걷다
보면 이 세상 가장 공평한 언어인 죽음을 생각게
되고는 하였다

천문대 가는 길

시간 여행쯤 되리
평화를 색칠로 표현한 것 같은 하늘은
국화빵 한 조각을 베어 물었고
처음 찾아가는 길은 입구부터 상대성 원리였다
고즈넉이 자리 잡은
먼 산 위 은빛 돔의 비행접시 같은 천문대를 바
라보며
내려다 보이는 풍경은 외면했다
숨어 핀 꽃들이 하나 둘 살아날 즈음
천문대가 나를 반긴다
훤히 열려져 있는 저편 세계
너무 깊고 멀어 무섭기까지 하다
그 드넓은 세상 한가운데서 혼자 서 있는 나
나는 마구 상상의 나래를 편다
수많은 이야기를 품은 아라비아의 밤을 생각한다.
사자와 게 자리를 보고 별자리 궁합을 떠올리고
안드로메다 자리와 안드로이드폰을 연결 짓고
그러다 그 무한대를 보며 차라리 생각을 거둔다

모더니즘 시의 배경 같은 오후의 서정은 막이
내리고

어둠이 내릴 즈음

나는 생각지도 않은 일로 또다시 고통을 느낀다.

이제는 쇼윈도우 속의 여인만큼이나 무심해져
버린 세월이지만

그래도 한 가닥 남아 있는 연민을 어쩌지 못해

너와의 끝나지 않은 이야기를 수놓는다.

너를 생각하는 것은 수많은 날이 흘러갔어도 그
리움일 뿐이다

홍룡사 가는 길

홍룡사 가는 길 국어책 속 삽화 같다.
저기 저 풍경 끝 닿은 곳 손 닿을 듯한데
그래도 절 길이라고 숨을 턱턱 막는다

슬슬 길 따라 가는 별맛도 있다
가는 길 소꿉장난 같은 다랑논 올망졸망하고
그 다음 그곳에 조그맣게 숨은 홍룡사

쏟아지는 폭포 속에 마음마저 시원하다
원용문의 '여름일기' 같은 시조집을 읽듯
내 마음 오래간만에 희망의 노를 젓는다

조춘

그 말이 좋았다
그 말을 생각하면 아련한 그리움마저 떠올랐다
시는 더 잘 써질 것 같았다

이른 봄 그리움을 찾아 떠나는 여행
보리밭 풋풋한 내음, 섬진강 지나 다다른 산수
유 노란 골짜기
이 멍석처럼 말린 갑갑함의 풀림
조춘에만 느낄 수 있는 기쁨이 아니고 무엇인가

이른 봄 햇빛 비치는 창가에 앉아 읽는 시집
'잠시 동안 당신을 사랑한 대가로
죽는 날까지 그리워해야 한다는 것은 너무 가혹
한 형벌입니다'
내 영혼을 울리는 시구 하나
이 역시 조춘에만 느낄 수 있는 즐거움이 아니
고 무엇인가

또 한껏

하늘은 온통 봄빛으로 고운데 깊어지는 이 한
숨은

순리대로 살아가라는 하늘의 가르침인가

속이 아렸다 그래도 조춘이 좋았다

기다림

이제야 깨닫다니
무너지는 가슴을 두 손으로 떠받치며
기다림만으로 내리던 밀양(密陽)의 가을 같은
절망을
속으로 속으로 삭이면서도
접을 수 없는 것이 그리움이라는 것을
이제야 깨닫다니

오늘도 속절없이 붉은 해는 내렸다.
숲속의 새들도 저마다 섧게 운다.
온다는 사람은 아직 오지 않고
기다리는 만큼 꺼져만 가는 불쏘시개 같은 사랑
이여

나비 날개 만진 손으로 눈을 비벼
차라리 눈을 멀게 해 미움과 증오를 깡그리 지
워도
한번 떠난 너는 영영 돌아오지 않고

기다림의 날개를 접어야 하는 것을 이제야 깨닫
다니

사랑이 기다림이 아니라는 것을 이제야 깨닫다
니

분수

너는 우수의 천재
타는 목마름으로 고독을 쏘아 올리며
그리움을 토해 낸다
찬란한 첫사랑의 순정은
시계탑 비둘기 짓이겨놓은 그 흐린 기억 너머로
태양처럼 쏟아지고
폭풍 같은 열정, 순간적인 입맞춤
지나고 나면
꼭꼭 잠긴 기억의 다락방 문을 열고
머무르고 싶었던 순간들이 살포시 고개내민다
한 때 진했던 사랑은 우수수 뒷모습을 남기며
사라지고
허공에 뜨는 낙하와 수직의 흔적
사랑보다 잔인한 이별이 이보다 더하랴
목마른 계절, 그리움 다시 채우며
저 가여운 절망의 눈물은 또다시 부활한다

단풍

그저 쥐어짜면

내다 넌 홑청 이불 주황색 물이 좌르르 흘러내
릴 것 같습니다

사방은 온통 숨 막힐 것 같은 단풍, 단풍

아이는 가을 한복판에 서서 큰 숨을 들이키다

단풍 속으로 홀라당 빠져버립니다

숲속을 뚫고 내리는 금빛 화살에 손사래 치고

무언가 심심해서 시냇물에 발을 담그고 누워 하
늘을 바라봅니다

하늘엔 구름이 있고 바람이 있고 낮달이 걸려
있습니다

아이는 허공을 한 움큼 잡아 돌팔매질칩니다

그러다가 제풀에 겨워 스르르 잠이 듭니다

꿈속에서조차 온통 가을, 가을, 빈틈이 없습
니다.

갑자기 잠자던 아이가 놀라 벌떡 깨어나 옷을
탈탈 텁니다

뜨겁다 뜨거워 더 이상 누워 있을 수가 없다

잠속에서조차 가을이 타고 있었습니다
활활 타올라 온 산을 붉게 물들이고 있었습니다

비 내리는 묵호항

비 내리는 묵호항에 시름이 담겨 있다.
치정스런 네온사인 갈 길을 재촉하는데
갈 길을 잃은 사내 외로움으로 남았다.

붉게 씌어진 간판은 잿빛 어둠 속에 빛나고
시낡은 버스는 손님을 태우고 떠났다.
처연한 봄비 시샘은 왜 이리 표독스러운가

어두워서 밝게 우는 죽음 같은 고동 소리
이 몸 홀로 어디로 가라는 신호인가
언제나 마침표를 찾아 헤매는 파랑새뿐인 나날

묵호항에 내리는 비는 더러 긋기도 하는데
이 가슴에 내리는 비는 언제 그치려나
비 내리는 묵호항에서 길을 잃고 헤맨다

남항에서

아주 흐린 날
아무렇게 놓여진 길을 따라 걷자
여름의 끝자락 남항에 이른다
두터운 안개는 항구를 적시고
소나기 온 직후의 도시는 후텁지근하다
오늘 같은 날 남항은 거대한 오케스트라
여기저기서 내뿜는 뱃고동 소리 신기하게 악보
를 그린다
갈매기 울음 구슬프게 나그네 마음 잡고
파도 소리마저 이리 뒤흔드는데
내 마음 머물 길 찾지 못해
나는 즐겨찾기에서 수채화 같은 추억을 끄집어
낸다
추억 속 너는 언제나 타인
젊은 날의 낭만과 외로움은 돛을 달고
내 가슴은 마냥 버지니아 울프처럼 미친 듯 거
리를 헤맨다
이윽고 이른 남항대교

오늘 따라 우수수한 해무 박수근의 그림처럼 납
작하게 흩뿌리고
가로등 불빛 고혹히 바람에 떤다

코스모스

너만 보면 자꾸만 눈물이 난다
그 얼굴에 가을이 출렁댄다
필시 너는 신의 창작집 속에서 가장 나중 만들
어진 가을의 여왕
그런데도 너를 보면 자꾸만 눈물이 난다

고독에 대하여

병든 심장의 소리를 색으로 나타낸 것 같은
마법에 걸린 공주의 체념 같은
흐린 날의 바다 해녀 이야기 같은
또는 꿈속에서 도망치는 몸부림 같은
불안을 조각으로 표현한 것 같은
함양 마천의 겨울 고사리 밭 같은
보이지 않아 정해진 것도 없는 것 같은
그리움보다 외로움에 지쳐 편지를 쓰는 깃 같은
막차 떠난 70년대 월성리의 매표소 같은
제주 후박나무 옆 돌하루방 같은
백일홍 서리 맞은 것 같은
이 처절한 생명현상

Ⅲ부

그 깊은 곳에

바다행

큰 비 그치던 날
어두운 밤이어서 별은 더욱 빛났다

여름날의 미적이는 끈적거림은 끝이 없고
북적이는 머릿속 뜨거운 여름을 앓다 그만 난해
속으로 빠져버렸다

나는 누구이고 무엇을 바라 여지껏 살아왔는가
물음을 따라 무작정 바다행 버스를 타고 보았던
잔인했던 그 여름
소년은 다만 자기 몫을 달라고 간절히 기도했을
뿐인데
돌아오는 것은 차가운 신의 모멸뿐

신의 뜻을 훔치려는 소년의 이상은 무참히 깨어
지고
깨진 거울에 얼굴을 깁고 있는 청년의 꿈마저
사라지고

이제는 돌아와 허상을 허상인 줄 모르고 붙잡고
있는
이 허접스럽고 볼품없는 사내

거스를 수 없는 자연법
올해도 어김없이 여름은 다가오건만
수십 년 흘러도 그렇게 잔인했던 그 여름은
여전히 레테의 강을 건너지 못하고

오늘 또다시 철없는 늙은 사내 바다행 버스에
오른다
수평선 저 너머엔 그 무엇이 있지 않을까

불가사리

치고 싸우고 처음은 그랬겠지
그리고 마침내는 이 세상 모든 승리를 거머쥐며
바닥의 제왕이 되었겠지

그 바닥마저 모자라
하늘까지 점령해 버렸다

그것도 모자라 이번에는 땅까지 점령하러 드는
가
크리스마스트리를 불가사리가 접수한 것은 이
미 오래전 일이다

할매 보살

장안사
표고버섯 팔던 할매
티벳 사람 같은 삶의 고단함이 얼굴에 가득했다
"고맙심데이 부처님 복 많이 받으시소"
사람마다 오천 원 내밀면서 만원어치 받아간다
아랫목 이불 밑 밥그릇 같던 할매
이제 살아야 얼마 더 살까
부디 불국에 가소서
새로 태어나거든 꼭 부자로 태어나소서

4 · 3길을 걸으며

가을 한 자락 제주 4 · 3길을 걷는다
호젓한 들길 도리깨질하는 사람
가을 들녘 연기 속에 여기서도 4 · 3의 울음이
탄다
꿈마저 도둑 맞은 영혼 속에서
차라리 죽음을 건진 것도 이 길이었을거나
교회 종소리 하늘에 가물가물
감나무 위 까치 그때 그 사건을 아는 듯 모르
는 듯
무심했던 마을은 4 · 3 이름 빌어 돈벌이에 골
몰하고
이따금 버스에서 내리는 사람이 아니면 오가는
이 드믄 마을들
울긋불긋 새마을 나그네 마음 잡는데
길 어디에도 그때의 진실한 그림자는 없다.
내가 좋아 걷는 길 이다지 원통인 줄 몰랐던가
찌그러진 민중 그림 속에 그 때의 참상 겹친다

마지막 가는 길조차 원통해 어머니를 그토록 애
타게 불렀는가
살아남지 못할 줄 알고 이렇게 길로 남았는가

플라타너스

낙엽,
그리고 모진 겨울 두루 건너
온몸을 쥐어 짜 봄을 지피고
그 신명으로
기꺼이 옷을 갈아입고, 꽃을 틔우면서도
마치 아무런 일이 없었던 것처럼
그때 그 자리에 우뚝 서 있는 플라타너스
이 여름,
용광로 같은 햇살을 감내하는 걸 마다 않는
오직 하나의 이유는
나 죽고 네가 산다면......

마라도

아무것도 내세울 것 없는
그냥 섬이라는 것이 자랑인 먼 곳
시인들의 말로 잠보다는 멀고 죽음보다 조금 가
까운 곳
거기도 사람 사는 곳인데 있을 것 없으랴
그 펑퍼짐한 세월
눈만 뜨면 흔들리는 파도, 파도소리
화가의 캠퍼스 속으로까지 들어간 단조로움
외로워 함부로 돌팔매질을 한 것 같은 사연도
많다.
섬 아이는 오늘도 혼자 놀기를 계속하고
엄마는 배 시간에 맞추어 자장면 가게를 연다
보이는 것이 바다밖에 없어서 답답한 것 같건만
오히려 바다밖에 볼 수 없어서 꿈을 꿀 수 있
는 곳
그리움이 머무는 땅 마라도

만추

우수의 시인
수채화 같은 코스모스
하동(下洞) 마을의 감
햇살 깊은 초가 마당 널린 고추
고추잠자리의 큰 눈에 어리는 조락
지는 낙엽 하나에도 고개 숙이는 산장의 여인
한 정거장 거리 밖에 되지 않는 겨울 예감

라디오에선 냇킹콜의 고엽이 흐르고
거리엔 구르몽의 낙엽이 구르고
오후엔 국화 전시회에 참석해달라는 친구의 엽
서가 도착한다

노근리 평화공원에서

그 원통함 어찌하리
한국에 태어났다는 것이 잘못이고
그저 노근리까지 피해왔다는 것이 또 잘못이구나
산은 푸르고 기차는 오가는데
찾는 이 없는 노근리 공원 애달프다
원혼이 사무쳐 잊지 못해서일까
아직도 선명한 굴다리 총알 자국
그날 이후로 집을 나간 사람들은 돌아오지 않았다
아, 어이하리
너를 바라볼 때마다 죽어간 넋들 내 머릿속 떠돌
거니
노근리 비극이여 다시는 이 땅에 없어라
서럽고 원통함에 '잊지 않으리' 낙서 한 줄 써두고
겨울로 가는 길 재촉한다

근황

긴 장마
나가지도 못하고
하루종일 바보상자에만 매달린다
짬짬이 책상 앞에 앉아 컴퓨터 끄적거리다 말고
장마 따라 윤흥길의 '장마'를 끄집어 내
몇 장을 훑다가 또다시 바보상자 마주 한다
채널을 돌려도 돌려도 장마 뿐
돌리다 못해 교육방송까지 왔다
때마침 교육방송 속에서도 황순원의 '소나기'가
쏟아지고 있었다.
눈이 무거워 우두커니 창밖을 바라보고 있자니
오만과 몽상, 또 연필 자국 같은 기억들은 왜
이리 끊임없는지
지나도 한참 지난 세월
이제는 원망과 미움 모두를 비우고 가볍게 살고
싶은데
켜켜이 쌓인 지난 날들이 나를 놓아주지 않는다
장마는 끝없고 나는 우울하고

나는 '흰 당나귀를 타고' '아름다운 나타샤'를 만나러 간다

한바탕 눅눅한 장마가 비행기를 태운다

오랑캐꽃

이른 봄
오랑캐가 무시로 방문했다나
세상 사는 것만도 어려운데 이름마저 오랑캐라니
당신은 너무 합니다
저주로 시작한 네 운명
차라리 저주할 수라도 있으면 좋으련만
보면 볼수록 처절한 네 빛깔
차마 마주하기 저어했더니
오늘 아침 산길을 오르자 문득 눈에 다가온 너
순간 느껴지는 꽃 멀미
나대야 사는 세상 어쩌려고 꽃말마저 겸양이라
더냐
그 작은 모습 네 저주 같아
차마 봄이면 너를 볼 때마다 몸서리친다

조령 부근

여름 어느 날
수안보에서 버스를 타고 가다 아무렇게나 내
린 곳
사방은 뜨거움으로 외롭다
눈을 들어 하늘 보면
나그네 눈에 비친 도도한 자연주의
켜켜이 쌓인 고독을 벗는다
조금 더 들어가면 세월은 원시시대, 꿈을 찍는다.
마음은 마냥 외로운 도시의 사냥꾼
사는 대로 살다가 그냥 놓아버리면 되는 것을
그것도 못해 여름 한자락 물고 늘어지며 이다
지 방황한다
아무렇게나 생각 없이 사는 방법도 있거늘
사는 것이 왜 이다지 괴로움인지
지금은 조령 부근
이 한여름, 뜬금없이 조령을 넘는다
잊어버리자고 잊어버리자고 세월을 넘는다

여름 갯마을

미역귀 말리는 여름날
삽살개 심심한지 하품을 한다
고약한 뙤약볕 툇마루에 가득
오라는 비는 오지 않고
마을 어귀 장승만 실없이 웃고 있다
이따금 요동치는 닭 울음소리 늘어지고
아무 일이 없었던 것처럼
하늘 길로 낯설게 까치가 날아간다
긴 챙 모자에 얼굴 가린 미역귀 뒤집는 아이는
하기 싫어 막대기로 툭툭 미역귀를 뒤집는 시늉
만 하고
그런 아이 조롱하듯 노란 나비 한 마리 머리 위
로 맴돌다 간다
어제도 오늘도 똑같은 여름 갯마을

12월의 끝

냉랭한 아침 안개
스산하게 부는 바람
뭉턱뭉턱 움직이는 시간
무덤덤하게 흐르는 강
개미 떼 같은 차량들의 행렬
성냥곽 같은 집들
그 사이로 걸어가는 구부정한 사람들

용왕제

무동은 작두를 타고
꽹과리 치던 봉사는 보이지 않는 두 눈을 끔벅
거린다
높다랗게 쌓인 제상에 돼지머리 우쭐대면
작두 타던 무동의 쾌자 자락 흔들리기 시작한다
바다의 용왕과 교감이라도 하는 듯
무동이 감돌아 칠 때마다 둥둥 울리는 북소리
추임새도 한 몫한다
선주는 크게 절을 하고 5만 원짜리 두 장을 돼
지 입에 물린다
이윽고 무동이 배에 오르자 더욱 주위는 요란해
지고
사람들은 따라가며 바다를 향해 연신 절을 한다
간밤 한숨도 자지 못하고 목욕재계한 박 씨 바
다에 술을 붓는다
먹을 것 찾는 밤 갈매기 횃불이 부딪칠 때마다
3차원 안경을 쓰고 보는 박쥐인 듯 검은 하늘
을 가르고

나이 들어 고기잡이 배마저 타지 못한 김 영감
　저 술을 따르는 일은 작년에 바로 자기가 하던
일이라며 한탄한다
　고군산 앞바다 지나 연평도 조기잡이 떠나가는 배
　무동을 따라 배 한 바퀴 돌고 나면 사람들은 다
시 바다에 연신 절을 하고
　이어 다시 시작되는 요란한 꽹과리 소리
　무동이 풀썩풀썩 뛸 때마다 불빛에 이글거리는
땀방울
　화려함과 비극을 동시에 가지는
　속을 들여다볼 수 없는 무표정한 모습의 무동
　인간과 용왕을 연결하는 무동의 춤사위
　고군산 열도 앞바다 용왕제는 간곳없고 무동의
춤만 남았다

순천만에서

잠자리 날개 같은
무한한 풍경 밖의 세계

겨울 노을이 붉다
갈대 비 갯벌을 쓴다

이름마저 짓지 못하고 있다가
얼결에 어린 왕자가 머물다간 자리라고 우겼다

무대 속 모든 것들은 어둠 속으로 가라앉고
나만 돌이 되어 덩그러니 남았다

욕지도

사람들은 웃통 벗고 담뱃대 물고
염소들은 제멋대로 꼴을 뜯었다
아이들은 소 몰다 지치면 풀피리 불고
어부는 고기 잡다 말고 농부가 되었다
노을 진 포구에 산 그림자 내리면
아이들은 놀다가도 통근 배를 보러 달려갔다

경전철을 타며

출근길
경전철을 타며 오늘 또 하루를 죽인다.
언제부턴가 죽이는 것으로 시작하는 이 섬뜩함
무엇을 위해 나는 살고 있는가
무엇을 바라 나는 여지껏 살아왔는가
윤동주의 파란 녹이 낀 구리 거울도 내게는 없다.
얼마를 더 살아야 나를 채울 수 있는 것인지
나조차 내가 싫은 절망의 시대
도마뱀의 자절(自切)만은 배웠어야 했는데
날마다 무너지며 자책 또 자책
빈 자리에 나를 얹으며 무심히 창밖을 바라본다
평강(平江) 지나고 대사(大砂)를 지나 멀리 비행
기 한 대 날아오른다
오늘 따라 봄 하늘이 유독 푸르다
멍하니 있다 문득 시름 젖어 닿은 생각
그렇게 싫은 이 길이 혹 내일을 향한 길은 아니
던가
노화된 내 눈이 황반변성처럼 조물락거린다

진주조개

그 쓰라림
진주가 그 고통을 품기까지 세상은 얼마나 더 혹
독해졌는가

쓰라린 상처를 진주로 만들면서
진주조개는 또 얼마나 많은 아픔을 느껴왔는가

아픔과 고통 또 고독 같은 우울감을 접고
빨갛게 상처 난 살덩이를 침으로 바르고 발라서
안으로만 안으로만 삭인 비밀을 뽀얗게 내비추던
스님의 사리 같은 비극의 탄생이여

어느 숙녀의 목에도 걸렸다가 귀에도 걸렸다가
나중에는 우리 돌아가신 어머니의 보석함에도 잠
겨 있었던 진주
그 탄생이 신비해 진주조개는 저리 속으로만 상
처를 키우고
처절한 몸부림으로 진주를 품었는가

양식기술의 진화로 인간은 더욱더 교활해가고
이젠 속성재배라는 기술로 너를 또다시 울리는
이 잔인함

간밤 봄비가 그리 하늘을 휘젓더니
하늘의 노여움일까
남해안 진주조개 양식장 머리에 적조가 들어
양식장 폐사가 신문 보도에 뜨고 있다

매화

그 무슨 맺힌 한 있다고
그 한겨울 모진 눈보라 속에도
두 눈 부릅뜨고
표독히 꽃날을 세웠느뇨
매화야 풀거라 겨울 가면 봄 오는 거 몰랐더냐

그 모습 가여워
가까이 가기 차마 저어했는데
바람 그치고 햇살 내리던 날
창문 열자 살짝 고개 내밀며
수줍게 다가온 너
오 매화 너는 나의 가장 숭고한 친구려니

낙동 나루

풀숲에 가려져
아는 사람만이 찾는 잊혀진 도시의 그늘

이 대낮 웅어 잡는 어부들과
오랜 세월 팽겨쳐진 배
그리고 그만큼 무심해져버린 그 때 그 사람들
느긋하게 머물러 있을 뿐

강물은 흘러 바다로 가고
강물 따라 흐른 세월은 추억에 다다르고
검은 도요는 내년에도 다시 올 것이다
낙동강 삶의 이야기는 끝이 없고......

갈라진 뱀의 혓바닥 같은 인간의 욕망 아무리 크
다 해도
낙동 나루에 서면
한갓 갈매기 울음소리, 노 젓는 사공만도 못한 것

사과 같은 노을 온 낙동 나루에 번진다

동해

그 물이 마르면 어찌 될까
아마 수백 수천 미터 바닥이 드러나
우리나라 세계적 관광자원이 될 테지

어쩌면 수천만 년 전의 바다 화석도 발견되어
우리 지구 역사도 바꾸어 놓게 될지도 몰라

또 누가 알아 석유가 발견되어
우리나라 부자가 될지
그땐 동해안 우리 집 땅값도 올라 아파트도 사
고 부자 되겠지

엉뚱한 생각하며 걷다가
찍, 갈매기 똥을 맞았다
머리에서 비릿한 갈매기 똥내가 났다

날치

하늘은 먹구름
바다엔 기꺼이 날치가 있다.
비 오는 날에도 쉬지 않고 날아야만 하는 이 이
상야릇한 물고기
어류의 틀을 깨는 비상한 진화로
조상 때부터 날개 지느러미를 가진 DNA를 가지
고 태어났다
물고기 그 너머 세계를 살고 있는 시대의 이단아
다른 어족들이 비웃고 따돌릴 때에도
물살을 거슬러 날아야 하는 이 거친 운명
한 발자국 앞서 나간다는 것이 이다지 고통일 줄
이야
오지도 않는 시대를 미리 밟으며
바다의 가장 높은, 하늘의 가장 낮은 그 경계에서
날도마뱀, 날개구리처럼 그들 세대의 한계를 저
주하며
하늘을 날 때까지 날치는 잠자지 않고 나는 연습
을 한다

양 가슴지느러미, 배지느러미를 활짝 펴고
바다 위를 퉁기듯 뛰어 오른다
조금이라도 더 높이 더 멀리 날기 위해
끊임없이 비행기술을 연마하고 주둥이마저 유선
형으로 모으고
뱃머리에 부딪치고 갑판 위에 떨어져
머리가 깨어지고 때로 죽음에 몰릴지라도
지금의 현실에 안주할 수 없어
그들 시대를 이대로 둘 수 없다는 고집에
날치는 나는 연습을 게을리 하지 않는다.
주여 얼마나 더 날아야 당신의 뜻에 도달하나이까
이것이 당신의 뜻이라면 당신 뜻대로 하소서
한 때 그들의 친구 갈매기 조나단이 자신의 꿈과
이상을 펼치기 위해
잠자지 않고 비행연습을 하던 것을 지켜보았던
날치였기에
저 너머에는 살아왔던 세상보다 더 나은 세상이
있다는 것을 확신하기에

비 오고 바람 부는 위험을 두려워하지 않고

바다 속 세계보다 위험한

바다와 하늘의 경계를 무너뜨리는 고통을 마다

않는다

나는 나일뿐 멕시코만 산티아고 노인의 환상적

인 맛 속에 길들여진 날치가 아니나.

날지 못하는 세계에서 난다는 두려움이 얼마나

큰지는

날아본 자만이 알고 있다

그 형이상학적인 두려움을 떨쳐내기 위해

하여 더 지고한 자유와 평화를 얻어 자신의 꿈

과 이상을 펼치기 위해

다른 어종을 뛰어넘는 진화에 이젠 고단한 몸

쉬어도 되련만

날치는 비 오는 오늘도 비행 연습을 하며 자신

과의 고독한 사투를 벌인다

지느러미여, 퍼져라. 날자. 날자꾸나

말짱도루묵

어느 날 바다를 막는다면서
덤프트럭들이 오가더니
갯벌이 없어졌다

그 안에 살고 있는 생물들은 놀 곳이 없어지니
말라버렸다
생물이 없어지니 마을에도 일거리가 없어졌다

군청 찾아가서 마을 사람들과 함께 소란스럽게
굴었더니
나중에 공무원들이 와서 보상해주겠다고 했다

그러나 그 공무원들은 말만 해놓고 오지 않았다
혹은 이듬해 그 공무원들은 다른 곳으로 전근가
거나 업무를 바꾸었다
말짱 도루묵이었다

마을 사람들은 지쳐 모두 떠나고

우리 마을엔 이제 우리 가족 네 사람만이 남았다

부럼

깨물어 깨물어
깨물 수 있는 것 모두 깨물어
정월 대보름
부럼에서 시작해서 부럼에서 끝난다.
깨물면 부스럼 맑아진다니 보름달마저 깨물어
버려

대보름밤
의령군 가례면 동천 소나무에 앉은 왜가리 입에
보름달 부럼이 물려 있다.

낙엽

나름 핑계도 있겠다마는
나 죽고 네가 산다는 시구도 있다마는
시쳇말로 화려한 시대가 없는 사람이 어디 있겠
냐마는
이제는 거리에 뒹구는 토사구팽 당한 거리의 패
잔병들
세월에 밀려난 내 모습 같다

일몰

솔개에 쫓긴 꿩의 마지막 발악 같은
또는 낙선자의 한 가닥 바람 같은
울음조차 희망이길 바라는 그 안타까움
사람들은 낭만이라고 했지만
나이 든 시인은 절망이라 했다.
태양으로 가는 도로는 건설되지 않는다.
일몰을 삼킨 검은 포도주의 바다는 내일을 약속
하지 않는다.
아, 내 안의 이 고장 난 출구

고래불해수욕장

고래고래 소리 지르는 고래불해수욕장은
고래가 없어도 그 유명한 고래불해숙욕장이라
고 자랑한다
빨간 모자 옥분네 가게처럼
아직은 우리에게 향수로 남을 만큼 멀리 떨어져
있지만
딸 바보 아빠가 딸을 기다리는 것만큼 생각할수
록 정겹다
나를 위해 아내는 공들여 씻고 화장을 하고
아이들은 그림을 그리고 노래를 부른다
고래는 없어도 부부 싸움 같은 어깃장이 있어
좋은 고래불해수욕장
넓은 뱃사장이 이 여름 외로운 것은
아직 고래불에 고래가 돌아오지 않았기 때문
잘 보면 베트남 화족의 여인처럼 팔리기를 기다
리는 것 같은
비밀스럽고 낭만적인 이중성의 고래불해수욕장

고래의 조상은 바다로 되돌아갔지만 고래는 걷
고 싶다

모래톱은 고래가 놀다간 흔적이라고 믿어도 좋
으리

서른이 되면서 잃어가고 있던 낭만을 다시 찾
을 수 있을 것 같은

고래불 해수욕장이 영덕(盈德)에 가면 있다

길을 잃다

길을 잃었다.
지하철 역사에서 순식간에 벌어진 이 혼란
눈감고도 걸었던 이 길을 오늘 따라 헤메다니

갈 길을 잃어버린 사내는
지하상가 분수대 앞에서 또 한 번 길을 잃었다

우두커니 할 일 없이 앉아있는 나이 든 사람들
뒤통수를 한 대 얻어맞은 듯 휘청거렸다.

차라리 죽음을 기다리는 사람들
사내는 먼 후일 자신을 본 듯 부르르 몸을 떨었다
지옥은 성경만이 아니라 여기에도 있었다

김 노인의 오후

병상의 김 노인
양지에 앉아 해바라기 한다
폭포처럼 쏟아지는 지우고 싶은 순간들
어제가 한번 더 있다면 잘할 수 있을텐데
하늘과 땅 사이 너무 가깝구나
동사무소에 그저 평범한 숫자로만 살아온 나날
아직 오지 않은 절망을 보고 무엇이든 이유를
대었다
돌이키면 부질 없는 것
결국은 내일은 또 다른 날이었을 뿐
다려 입는 빳빳한 셔츠처럼
남들 기준에 삶이 지배되던 시절
침몰하는 배에 올라 좋은 자리 차지하려 싸우던
것도
모기가 산을 짊어진 것 같은 허세도 헛되고 헛
되도다
가난, 고독, 그리고 병들다
후회의 기억 밖에 없는 지난날

고장난 세월에 그네를 매어보지만

그림자는 꽃을 흔들 수 없다

고갱의 그림처럼 우리는 누구이며 어디서 왔다
가 어디로 가는가

아 한 번만 다시 살 수 있다면

김 노인 오늘도 오후 양지 바른 뜨락에 나와

해바라기하고 있다

해바라기

내 가슴 한가운데엔 늘 네가 있었다.
둥그런 네 모습 가슴에 그려놓고 외로울 때마다
들여다 보았다

어제 길가다 가을 서리 맞아 고개 숙인 채 서있
는 너를 보았다
노오란 네 모습 어디가고 악마의 이빨 같은 너
만 남았느뇨

그래도 네가 그리운 것은
11월엔 네 곁에 머물고 싶기 때문이다.
너는 내 마음의 도화지에 무지개를 그려주었기
때문이다

IV부

마무리

호미곶 등대

오늘도 예외는 아니었다.
바닷길 걷다 말고 사내는 등대가 보이는 곳에서
멈추어 섰다
분위기 산뜻하고
사람들 저마다 색색의 옷을 입고 바다를 유혹하
고 있었다
그들 속을 파고들며
사내는 몇 번이나 고개를 갸우뚱거렸다.
간혹 두리번거리기도 하고
간혹 심각한 표정으로 로댕의 생각하는 사람이
되기도 하고
때로는 깊은 한숨을 짓기도 하며
속절없는 날들의 사랑의 실패자처럼
또는 선거가 끝난 다음날 아침의 낙선자처럼
사내는 모호한 표정으로 그곳을 떠나지 못한 채
서성이고 있었다

무언가 그곳에는 있을 것 같은

잃어버린 것, 또는 잊어버린 것을 다시 찾을 수
도 있을 것 같은
아니라면 내 눈물을 받아주는 것이 거기엔 있지
않을까

태양이 가장 먼저 솟아오르는 곳
희망의 핵발전소, 포항 호미곶 등대

아내와 치매

오늘도 그 나라로 가버린 아내는

하얗게 변해버린 머리를 빨며 샴프 대신 치약을 찍어 바른다

언제 어디로 튈지 모르는 아내만이 아는 나라

새로 난 도로에 밀려 허물어진 돌담길

열댓 평 남짓 그래도 행복했던 남편과 조개껍데기 같은 새끼들

단추를 달다 바늘에 찔린 가난한 섬마을 시절 경험마저 기억하는

그 천재성은 어디에다 두고

다습고 속 깊은 햇살 고이는 행복했던 시간을 건너 뛰어

그 고운 입에서 쏟아내는 무지막지한 저주의 말들

그러려니도 끝에 달아 더 이상 견딜 수 없는 죽음보다 더한 이 지옥

뱃질밖에 모르는 내가 무얼 그리 잘못했길래

아내의 무의식 속에서는 저리도 저주의 대상이 되어 있는가

저 깊고 깊은 아내 속에서 갈수록 더 솟구치는 용암 덩어리

고달픈 생활이 그대를 속인 것일까

첫날밤 하얀 몸을 맡기며 수줍어하던 아내가

100원을 두고 싸우는 억척이로 변하는 모습을 지켜보며

못난 남편 만나 살아준 것만도 고마워

구박받는 것조차 사랑이라 짊어지고 가야 할 선물이라 생각했는데

이토록 무참히 짓밟아버리는 저 치매라는 핵폭탄

차라리 나와 함께 저 아파트 창 너머로 훨훨 날아가 버린다면

먼 그곳에선 그 맺힌 한 조금은 누그러들까

어제도 오늘도 눈 뜨임이 싫은 이 아침

오로지 밤만이 계속되는 그런 나라라도 있다면 찾아가련만

날마다 사는 것이 아니라 하늘이 무너져 내리는구나

한나절 잠깐 정신 돌아온 아내를 데리고 오륙도 앞바다에 섰다
이 또 무슨 망발이
아내는 나를 보고 나는 바다를 보고
서로 먼저 부서지라고 짝사랑 같은 소통을 하고 있다
아, 네가 무어길래 이토록 아내와 나 사이에 저 바다가 되었는가

어머니의 바다

  김소월의 영변 약산 진달래꽃을 눈앞에 두고 살
아오셨던 어머니는 일사후퇴 때 여수와 통영에서
피난살이를 하면서 겪었던 일을 때때로 이야기를
하시곤 하셨지요. 고달플 때나 가난에 지칠 때면
바다를 찾곤 했지. 꿈도 희망도 앗긴 피난살이,
그렇지만 바다를 보면 희망이 솟곤 했어. 고난을
헤쳐 나가야겠다는 다짐이 들기도 했고. 바다를
보면서 순종과 겸손도 알게 되고 머리로 계산하
지 않고 가슴으로 느끼게 되는 일도 많아졌지. 때
로는 파도를 보면서 영감을 받기도 했어 저 너머
어딘가에서 끝없이 밀려오는 생명력, 이 고달픔은
언젠가는 물러가리라. 생활과 꿈이 이율배반적인
일상에서 바다는 내게 구원이었어. 산골 소녀가
결혼해 피난살이를 하고 그 고난을 이겨내고 용케
이제까지 살아올 수 있었던 것은 바다 때문이었지

세월이 지나 어머니가 병상에 계실 때 어머니는 또 바다를 이야기 하셨지요. 바다는 참 묘한 매력을 가지고 있어. 무어랄까 내가 기댈 수 있는 고향 같은 거, 바다는 보이지 않지만 파도 소리 울려 닿을만한 곳에 어머니를 모시고 나서 저 역시 어머니 마냥 바나가 주는 그 묘한 매력에 이끌려 외롭거나 슬플 때면 차를 몰고 바다로 나오는 것이 습관이 되곤 하였지요

다시 소래포구에 갔었을 때

그때 내가 보았던 것은 구름 한 접시
많이 벌어져 있는 시가지
그리고 시장 아줌마의 넉넉한 인심
다시 소래포구에 갔었을 때
소래포구는 울고 있었다
시가지에 어울리지 않는 쾌자 같은 너울
부글부글 들끓는 여름의 아우성
자동차는 또 왜 그리 많이 밀려 있는지
도시는 장마통 빨래처럼 후줄그레하였고
그 옛날 넘치던 소래포구의 낭만은 보이지 않았다
더러는 하늘 한 자락 넉넉히 잡는 즐거움도 있었
는데
그마저도 분망함에 자리를 내준
이제 소래포구는 더 이상 그리움이 아니었다

이상한 경험

그녀는 사상역(沙上驛)에서 올랐다. 털모자, 갈색 안경, 털스웨터, 가죽장갑, 흙 묻은 운동화, 계옷이 든 비닐봉지, 그리고 등에 진 등산배낭이 그녀가 품은 전모습이었다 정신이 좀 어떻게 된 것일까 그녀는 앉아서 쉴 새 없이 혼자 중얼거리고 있었다 "우리 몸은 7, 80퍼센트가 물로 되어 있고 강호동이와 똑같은 수성인이다. 우리는 수성인이다." 그녀가 하는 많은 말 중에 내가 뚜렷하게 알아들을 수 있었던 것은 그 말 뿐이었다

어릴 적 내가 살던 마을에 미친 사람이 하나 있었다. 그는 늘 아침부터 저녁까지 집 앞마당에 나와서 쉴 새 없이 지껄였다 들어보아도 무슨 이야기인지 알 수 없었다 그는 그만이 아는 이야기로 이 세상과 소통하고 있는 것이었다 내가 철길 너머 낙동강 모래사장으로 나가 놀기를 좋아하였기 때문에 모래밭으로 가려면 나는 늘 그를 만나야 했다 그는 도대체 이 세상에 무슨 불만이 많은지 아침부터 해가 질 때까지 지치지 않고 말을 해대

는 것일까 그러나 그런 생각은 철길을 넘음으로써 쉽게 잊혀졌는데 어느 날 나는 좀 이상한 경험을 했다 그날은 내가 철길을 넘을 때까지도 그가 보이지 않았다 그가 보이지 않으니까 그에 대한 궁금증이 더 나는 것이었다 그러다가 문득 그가 사는 세계는 내가 사는 세계와 어떤 차이가 있는 것일까 만일 내가 미친 세계와 미치지 않은 세계를 왔다 갔다 할 수가 있어서 미친 세계가 어떤 것인지 알 수 있다면 저 사람의 소통 방식을 이해할 수 있을 텐데 미친 세계는 어떤 세계일까 경험해보고 싶다는 생각을 했다 그러나 이내 떠오른 감당할 수 없는 무게의 두려움, 만일 내가 미친 세계를 경험하다가 미친 세계에 갇혀 영영 미치지 않은 세계로 돌아올 수 없다면? 그렇다면 나의 이런 경험이 무슨 소용일까. 문득 뱀에 물려 죽은 친구가 생각났다 초혼, 저승을 떠돌다 길을 잃어버린 영혼에 대한 부름, ○○야, 돌아오라 ○○야, 돌아오라 ○ 선생, 돌아오라 그래도 한번 길 떠난

내 영혼은 영영 돌아오지 않고...... 나는 순간 핑 눈물을 흘렸다 이렇게 분명한건데 이렇게 간단한 것인데 나는 도대체 무얼 찾겠다고 아직도 이렇게 마음을 다잡지 못하고 흔들리고만 있는 것일까

그 미쳤다고 생각한 여지는 서면역(西面驛)에서 내렸다

조난기

더 이상 희망은 없었다

신에의 기도만이 마지막 방법이었다

이 거대한 파도 몰아치는 바람 망망한 수평선 지나가는 배도 없었다

우리 조난된 7인의 대성 502호 대원들은 서로를 부둥켜안으며 추위를 버티었다

오오츠크해 캄차카반도를 따라 명태잡이 만선을 앞두고

갑자기 당한 이 파국

낮이란 괜찮아도 밤이란 날치 떼처럼 달려드는 매서운 추위와 공포

구원의 길은 정녕 없는가 대성 501호는 어디에 있는가

시간이 갈수록 구원의 길은 점점 멀어만 가고

어제는 혹등고래를 보고 말로만 듣던 귀신고래도 보았다

작은 구명정은 흔들릴 대로 흔들려 뒤집힐 뻔도 하지만

요행히 눈이 어두운 고래는 우리를 보지 못한
듯 비껴갔다
칼바람 드는 오오츠크해의 겨울밤은 또다시 찾
아오고
신에게 농락당한 우리들은 차라리 죽게 해달라
고 기도했다
왜 하필 우리인가 우리가 무엇을 잘못했는가
선장의 지시에 따라 다만 명태를 잡은 일밖에는
없다.
아내를 때린 적도 없다
사흘 밤 나흘 낮을 아무것도 먹지 못하고 버티
면서
아직 우리를 찾는다는 그 어떤 증표도 느끼지
못한 채 우리는 미쳐갔다
하늘은 검고 영하 40도의 강추위 속에 무조건
보이는 것이 있다면 깨고 싶어졌다.
동료들은 하나둘 스스로를 놓아버리고
놓아버린 동료들의 얼굴엔 시꺼멓게 죽음의 윤

이 돋았다

흔들리면 흔들리는 대로 부딪치면 부딪치는 대로

어제까지만 해도 아침이면 살아오는 붉은 여명
에 살아 있다는 환희를 느꼈는데

죽음과 그리 멀지 않은 꿈 속에서 어머니를 보
았다

그때 나는 상주면 양아리의 의젓한 청년이었는데

어머니의 귀한 아들이었는데

이제 더 이상 신의 가호는 없는가

꿈속에서 나는 기도했다

이 피맺힌 농락 속에 다시 한번 살 수만 있다면
다시 한번만 살 수 있다면

내 검은 의식 속 저 멀리에 또다시 거대한 파도
가 몰려오고 있다

하늘마저 우울하고 반쯤 멀어가는 모습

그리고 더 이상의 기억은 없다

죽성 어사암(竹城 御使岩)[1]

펑퍼짐한 것이

사람들 한 세상 잘 놀다 가겠다

더하여 기장현(機張縣) 사람들의 염원이 어사를

움직였겠다

바다가 이렇게 푸를 줄이야

이 숨 가쁜 절경을

어찌 혼자만 두고 볼 것이냐

시로 남겨 노래 불러야 마땅할 것 아닌가

멀리서 보면 섬인 듯 아닌 듯

하얗게 빛나는 그 찬란함에 어사(御使) 시인은

문득 느꼈겠지

난파된 배의 쌀 좀 주워 먹은 것이 뭔 죄란 말

인가

그게 내 권한이라면 마음 놓고 용서하리라

하늘마저 푸르고 이 어사 마음마저 푸르니

1 기장읍 죽성리에 있는 바위 이름.

어화, 5월은 마냥 푸르구나

어사암에서 하늘을 향해 풀썩 뛰고
바다를 향해 눈 닿는 데까지 힘껏 부라리고
그런 다음 낭만 시인 이 어사는 깨달았겠지
저 자연의 위대함 앞에
인간이란 그저 존재의 가벼움마저 가소로운 것
그래서 사랑의 위대함으로 세상을 바꾸겠다고
생각했겠지

청포도 시비 앞에서

그렇게 세월은 텅텅 비어 있었다네
비어 있다 못해 통일된 평평함만이 버무러져 있
었다네

주변엔 안타까움에 잠을 이루지 못하는 고통만
남아 있고
쓸 만한 포도 송이를 따는 사람들은 모두 사라
져 버렸다네

멀리 바다는 하얗게 빛났고
겨울 하늘은 날씨만큼 내려와 죽음을 희롱하고
있었다네

시대를 앞서간 사내의 흔적 앞에 눈은 짓물고
기분 나쁘게 흰 돛단 배 대신 까마귀가 울고 있
었다네

곳곳에 기억할만한 구석이 쌓였는데도

보이는 것만 보는 시대의 문맹아들만 득실거리
는 시비 앞에서
사내는 잠깐이나마 비통한 눈물을 삼켰다네

이젠 시비 속에나 갇혀 숨 쉬고 있는 그를 보며
초점 없는 눈동자 얼굴 깊이 파묻고
하이얀 모시수건조차 마련할 수 없는 시대에 가
슴 아파했다네

태백에 눈이 내리면

1월이라 태백에 눈이 내리면
세상은 문둥이 얼굴 회칠한 듯
매운 하늘 까마귀 희끗희끗 점을 찍는다
사람들은 종종 까치발로 걷고
개들만이 이인삼각 제 세상 만난 듯
검은 태백의 겨울은 하염없이 하얗게 깊어만 간다
들머리 술집의 늙수구레한 사내들은
머리 조아리며 술잔을 부딪치고
우중충한 기차는 콧김 내뿜으며
도시 한 귀퉁이 비잉 돌다 슬그머니 빠져나간다
어줍잖은 시장 사람들 웬 놈의 눈이라며 날씨 갈
구고
거리엔 사람은 없고 제설차 헤드라이트 불빛만
요란하다
고개 넘어 봉화 가는 길 아득한데
이 눈길에 시집 간 우리 누나 언제 오시려나
그다지 멀지도 않은 시절
호랑이 꼬리 얼려 호환을 피하고

세 가지 전설이 얽혀 있는 구문소 이름마저 검은
온통 검은 빛의 탄광 도시 태백에 눈이 내리면
나는야 처마에 오도카니 앉아
탄광으로 일 나간 아버지를 기다렸다네

4월의 대변항

저 끓어치는 고혹감
고백 같은 등댓불
아케톤 강을 건너는 것 같은 환상적 분위기
모두 마왕을 위한 헌사 같은 이 어두움
해질녘부터 새벽까지
4월의 대변항은
미친 듯이 멸치잡이 배를 풀어놓고 있었다

무등이왓²을 돌아 나오며

흐린 날 무등이왓 찾았다
으스스한 분위기 원혼의 그림자
애먼 돌담 위에 서려 있는 최초의 학살터 지나
허공에 맺혀 있을 그들의 아우성
집과 사람은 오간 데 없고 터만 남아 원통함 이르는데
인적 뜸한 길 광신사숙
죽은 삼촌 방에 가면 있을 것 같은 먼 정적감이 돈다
갑자기 사람들 앞으로 웃자란 묵정밭 같은 콩밭에서
마치 토벌신호인양
다급하게 장끼 한 마리 기분 나쁜 울음 울며 정적을 가른다
울담 잇는 빼곡이 자란 대나무들, 순박했을 마을,

2 제주 4 · 3사건 피해지

146

고요한 이 무둥이왓에 사무친 원한 있을 줄 누가 알았으랴

옹이진 팽나무는 총소리 들릴 때마다 바싹 뿌리를 더 깊이 내렸으리

물방에터 지나 잠복학살터 이르러 잠시 한숨 잡을 때

이명처럼 쏟아지는 무둥이왓 비명

'사람이 아니올시다 멧돝 몰 듯 몰아 불태워 죽이고,

난 돼지집에 숨언 살았수다

살려줍서 살려줍서 허는 애기 놔두고 나만 혼자 살아나수다'

무둥이왓 돌아나오며

관광객들 자기 일이 아니라는 듯

방정맞게 쓰윽 한번 훑어보고 돌아서고

나 역시 남의 일인 양 분개하다 말고 생각을 놓는다

목포 고하도

바닷가 뜸한 선착장, 육지면발상지비, 그리고
이충무공유적지 그밖에는 마땅한 생각과 기억이
없다. 그래도 시인 누구 말마따나 세상은 오래 보
아야 아름다운 법. 평범한 누리꾼들을 의식화시키
는 것 같은 저 고혹적인 너울의 파도, 이상한 하
루를 보내는 보험외판원이 눈물 흘리다 가고는
했다

조금 더 걸어가면 탕건바위, 말바우, 뫼막개 같
은 좀 우스운 이름이 널려 있어 덜떨어지거나 미
치지 못하는 곳 같기도 했다. 시시한 남편들의 아
내에 대한 덕질의 변명 보따리를 풀어놓기에 적당
하고 하염없이 걷다 보면 못견딜 것 같은 이별의
흔적들도 지워질 것 같은 가려진 시간의 섬이기도
했다

조금 더 용오름길 따라 걸어가면 죽음 이후의
세계를 번득거리게 하는 것 같은 인생의 쉼표가

있고 파도 소리마냥 무덤덤해진 일상, 그래도 삶을 지탱하는 것은 파도 소리 같은 무덤덤한 것들의 반복이거니 처음 새끼를 낳아본 어미처럼 순종과 사랑 그리고 제 무게를 감당하는 연잎의 지혜를 배우는 곳이기도 했다

또 한껏
그곳에 가면 용머리 초아흐레 달에 피던 자욱한 해무 망태에 담아 시장에 내다 팔기도 하고 자신의 신체의 은밀한 부분을 처음 느낀 소녀처럼 자기가 쓴 시에 놀라 부끄러워 고개 숙이기도 하는 시인이 되는 곳이기도 했다. 시인이 되어서는 자기가 쓴 시를 마음껏 지웠다 쓰는 내 마음속 깊은 그곳이기도 했다

연희네 슈퍼[3]

진한 색깔의 정물
야수적인 강한 정열의 오후
모서리가 보이는 거울 달린 방
오늘 본 연희네 슈퍼에는 거울이 없었다.
수상한 사나이 하나 외롭게 섰고
헐거운 옷 같은 옛날 물건들이 가득 여전했다.
사람들은 호기심에 그 앞에 줄 서다 그냥 지나
치고
간판은 낡고 햇빛은 내리고 가난은 덕지덕지
남았다
그때나 이제나 여전히 밝고 희망찬 웃음 소리
는 들리지 않았다.
때로는 고혹한 달빛 아래
라면 봉지 같은 원색의 빛만 가득할 뿐이었다.
방공호, 꽃 피고 벌 나비 날았다
그 누구도 모르는 깊고 먼 그 세상

---

3   영화 '1987' 촬영지, 목포

그때 그 연희도 지금의 가게 집 연희도
우리에겐 왼쪽 팔뚝에 남은 우두자국 같은 것이
었다

스물두 살 그 무렵

직업이 없다는 괴로움, 돼지우리 치우기, 고구마 캐기, 월부 책 장사 잘못하는 짓 골라 하면서 하루를 괴롭게 보내던 시절이 있었다. 절망만이 헤퍼 절망 속으로 걸어가며 세상은 내게 빗장 걸며 저리도 틈을 주지 않는데 그런 세상 무엇이 좋아 사는가 그래도 살아 볼 거라고 조금씩 틈을 벌리며 한 세상 무지랭이처럼 살다가는 것도 한 방법이구나 깨닫던 시대가 있었다. 스물두 살 그 무렵 절망 또 절망 서역 조금 못미쳐 영축으로 영축으로 가던 때, 문득 바라본 멀고 고적한 길, 하찮은 저런 풀들도 목을 내밀고 살겠다고 저리 흙을 움켜쥐고 있는데...... 사내는 부끄러웠다. 빗장을 풀리라 다짐하며 야자수 그늘 내려앉고 돌이 뾰죽뾰죽 돋아난 산길을 따라 걸었다. 꽃 피고 까마귀 울음 청승맞았다. 올해까지만이라던 올해 지나서는 내년 봄까지만이라던 봄이 지나서는 또 내년까지만 기다려보자던 수십 년을 갔던 몸부림, 무능한 사내는 용케 견디며 악착같이 세월을 넘는 법을 훔쳤다

할미꽃

네 앞에 서면
세상 아무것도 아닌 것을

어제는 교회 목사들이 싸우더니
오늘은 조계종 스님들이 주지 자리 놓고 한바탕
싸운다
꼴에 중생계도라니
아, 이 우울한 세태 그 무얼 놓지 못해 그 야단
인지

계절은 한참 멀었는데
오늘따라 자꾸만 고개 숙인 네 모습 눈에 가득
밟힌다